Phoebe Gilman
Perle la Pirate

Texte français de
Christiane Duchesne

Les éditions Scholastic

Édition publiée par Les éditions Scholastic, 175, Hillmount Road,
Markham (Ontario) L6C 1Z7.

Données de catalogage avant publication (Canada)

Gilman, Phoebe
  [Pirate Pearl. Français]
  Perle la pirate

Traduction de: Pirate Pearl.
ISBN 0-590-03834-6

I. Duchesne, Christiane, 1949- . II. Titre. III. Titre:
Pirate Pearl. Français.

PS8563.I54P5714 1998   jC813'.54   C98-930968-1
PZ23.G54Pe 1998

6 5 4 3 2 1   Imprimé au Canada   8 9/9 01 2 3 /0

Pour Jason

Le capitaine Ploc et son équipage étaient
des durs, de très méchants pirates, mais
ils n'avaient pas fait couler le bateau. C'était
le comte Crapule et ses affreux amis qui
s'en étaient chargés.

— Oh, oh! Ces étourdis ont oublié leur trésor!
dit le capitaine Ploc, montrant du doigt quelque
chose qui dansait sur les vagues.

Il croit d'abord que c'est un coffre rempli
de perles précieuses.

Il se trompe. C'est un berceau dans lequel il trouve la petite Perle.

— Un bébé nommé Perle? rugit-il. Faites-lui subir le supplice de la planche!

Mais Perle n'obéit pas.
Car elle ne le peut pas.
Elle n'avait pas encore appris à marcher.
Le capitaine Ploc n'a donc pas le choix.

Il faut qu'il attende.

Le jour ou Perle apprend enfin à marcher, les pirates se sont habitués à elle. Ils décident de la garder.

— Elle nous sert de porte-bonheur, dit Macaron. Depuis qu'elle est à bord, les princes semblent venir tout droit dans nos filets.

Perle rit de bon coeur et sautille sur le coffre aux trésors débordant de merveilles. En entendant le tintement des pièces d'or, le capitaine Ploc sent ses pieds frétiller et il se met à danser sur une petite gigue de pirate.

Yo ho ho! Les grands trésors
brillent, brillent de tout leur or.
Yo, ho, ho! Attention, nous volons
les grands princes et leurs millions...

Perle grandit en bonne pirate.

— Elle peut venir à bout du meilleur
d'entre eux, dit Macaron, l'oeil plus que fier.

Même le capitaine Ploc lui pardonne l'habitude
très anti-pirate qu'elle a développée.

Elle n'aime pas enterrer ses trésors. Elle les offre en
cadeau. Du moins elle tente de le faire, car la plupart
des gens fuient à son approche.

Sauf le prince Basile. Jamais il n'a rencontré quelqu'un comme Perle. Lorsqu'elle bondit sur le pont de son vaisseau, il en tombe amoureux.

En moins de temps qu'il n'en faut pour le dire, le sabre infaillible de Perle tranche net les boutons de rubis qui ornaient sa veste de satin pourpre et fait tomber la couronne royale de sa tête, royale elle aussi...

– Ça, c'est pour moi, dit-elle avec un malicieux sourire de pirate. Merci beaucoup.

— Elle est également très polie, n'est-ce pas mon bon ami? précise le capitaine Ploc, au cas ou le prince ne l'aurait pas remarqué.

— Donnez-moi le reste de votre trésor, ordonne Perle.

Mais le prince Basile n'obéit pas. Car il ne le peut pas. Il ne possède aucun trésor. Ses boutons de rubis ne sont que du verre. Sa couronne est en fer blanc.

— J'ai pris la mer pour le trouver, mon trésor, explique-t-il, en tirant de sa poche un morceau de papier.

Oyez! Oyez!
Notre petite Perle
a été capturée par des pirates

La récompense habituelle
sera versée
à quiconque la ramènera.

Comte Crapule

Perle s'approche pour bien voir le papier. Le prince Basile regarde Perle.

— Horreur! dit-il. C'est le médaillon de la princesse Perle. Qu'avez-vous fait de la petite princesse?

— C'est *mon* médaillon, déclare Perle. Je l'avais au cou quand mes papas-pirates m'ont tirée de la mer.

Oyez! Oyez!
Notre petit
a été captur

— Pas possible! dit le prince.

Pourtant, oui, c'est possible. Pirate Perle, vous êtes la princesse disparue. Je dois avouer que vous avez un peu changé.

— Ciel! dit Perle. Si je suis une princesse, c'est un trésor royal qui m'attend! Que faisons-nous ici à parler pour rien? Où est mon château?

Dix jours plus tard, les pirates mouillent l'ancre dans une petite baie. Le comte Crapule n'est pas très heureux de les voir.

— Comment
osez-vous venir fureter dans
mon château? demande-t-il.

— Votre château? dit Perle. Je crois que
vous voulez dire mon château. Je suis
la princesse Perle.

— Impossible! dit le comte Crapule.

— Je suis la princesse, et voici le médaillon qui
le prouve! J'ai été capturée par des pirates, comme
il est écrit sur votre édit.

— Ah! fait le comte en ricanant. La princesse Perle n'a jamais été capturée par des pirates. Son bateau a coulé au fond de l'océan.

— Si vous pouvez l'affirmer, déclare Perle, c'est parce que c'est vous qui avez fait couler le bateau…

— Petit poison! s'écrie le comte Crapule. Je me suis fait embobiner par cette… ce flibustier! Mon plan était pourtant parfait. Comment vous êtes-vous échappée?

— Comme ça, dit Perle. Le bateau a coulé, mais pas le berceau. Jetez ce vieux trognon au cachot!

Les gens du royaume de Perle sont heureux. Personne n'aime vraiment le comte Crapule. Il est méchant et avare, il prend tout aux pauvres gens.

— Maintenant, nous allons pouvoir nous marier et vivre heureux, dit le prince Basile.

— Nous marier? s'écrie la princesse.

— Mais bien sur, répond le prince Basile. C'est la récompense habituelle pour celui qui sauve une princesse. Tout le monde le sait.

— C'est tout à fait ridicule, dit Perle. Jamais je ne ferai cela.

– Ah! c'était donc ça! dit le capitaine Ploc. Voilà pourquoi nous étions suivis par tous ces princes!

– Et ma récompense? demande le prince Basile.

– Il pourrait peut-être devenir pirate, lui aussi? suggère Macaron.

– Je ne vois pas de plus grande récompense, dit Perle, en lançant au prince un sac plein de trésors. Vous pouvez toujours commencer en m'aidant à distribuer ce qu'il y a là-dedans!

Yo ho ho! Profitez des surprises,
nous, nous donnons nos prises!
Pas question de faire autrement :
nous sommes des pirates épeurants!